AF216899

ISBN

Paperback   978-3-384-20491-2

Druck und Distribution im Auftrag der Autorin:

tredition GmbH, Heinz-Beusen-Stieg 5, 22926 Ahrensburg, Deutschland

Demons Winter

Demons winter

The story of a demon named Faith

Demons winter

Vorwort

Das wird vermutlich mein erstes Buch, welches ich wirklich veröffentlichen werde. Ich schreibe seit ich 6 bin (also seitdem ich schreiben gelernt habe) Bücher. Zuerst waren es sehr kurze mit so 5 Seiten und sehr schlechter Grammatik. Dann wurden es etwas längere Bücher (30 Seiten) und seit ich 10-11 bin, schreibe ich meine Bücher digital. Ich habe aber noch keins so richtig beendet. Aber ich arbeite schon lange am Buch „Leather Bird", vielleicht wird das ja mal veröffentlicht? Aber wie kam es zu DIESEM Buch? :

Es ist eine sehr simple Geschichte, ich wollte schon immer mal Autorin sein, mein eigenes Buch veröffentlichen. Ich hatte jedoch, wie davor erwähnt, noch nie ein richtiges Buch zu Ende geschrieben. Also nahm ich mir vor ein kürzeres Buch zu schreiben, und hatte die Hoffnung, dieses Buch zu vollenden.

Ich hatte geplant das Buch auf Englisch zu schreiben, aber hab mich unentschieden, ich weiß selber nicht warum.

Ich kam auf die Idee für diese Geschichte als ich Langeweile in der Schule hatte und habe seit dem 2 Jahre an diesem Werk gearbeitet!

Na dann, ich hoffe euch gefällt mein Buch! Viel Spaß!

Demons winter

Travel

Ich bin endlich bereit! Ich habe alles, was ich für eine Reise in die Menschenwelt brauche! Wie zum Beispiel, die alte Kette meiner Mutter, die mich durch die verschiedenen Welten Reisen lässt! Meine Mutter hatte früher bei „Human chasers", oder kurz, „HC" gearbeitet. Mein Vater ist dort Chef! Sie jagen Menschen und hier unten essen wir sie, in unserer Welt: der Hölle! Wir sind Demonen, ich heiße Faith und bin die Tochter von einer der reichsten Familien hier unten. Aber schon mein ganzes Leben lang wollte ich in die Menschenwelt, in Dad's Reisen hört sie sich immer so spannend an! Vor kurzem war er dort. Mit dickerer Kleidung, da oben soll es wohl grade kalt sein, sehr kalt. Das kann ich mir nicht vorstellen, da es hier immer heiß ist! Aber zurück zu meiner Reise! Ich hatte schon Handwärmer und ein Shirt, welches über die Ellenbogen ging. Plus einen kleinen Rucksack mit Proviant und anderen brauchbaren Sachen. Ich schlich mich zur Tür. >>Faith, wo gehst du hin? << fragte die Stimme meiner Mutter aus der Küche. >>Spazieren! << sagte ich. >>Ok! << sagte meine Mutter. Ich hang einen Zettel an die Tür:,, Macht euch um mich keine Sorgen, ich bin bald wieder da! ☺" >>Tschüss mom!<< rief ich noch. >>Tschüss! << sagte sie und ich ging durch die Tür.

Ich ging, in eiligem Tempo zu dad's Arbeit. Ich schlich durch ein offenes Fenster und war mitten in einem Büro, niemand war da. Bestimmt würde der Demon, wer auch immer es war aber gleich wiederkommen, da auf dem Bürotisch noch ein dampfender Kaffee stand, die Tasse hatte irgendeine Aufschrift:„ I was in Paris!'' und eine Flagge in Rot, Weiß und Blau. Ich huschte aus dem Büro raus und ging den Gang entlang. Bitte, lass keinen mich sehen! Ich hörte die Stimme meines Vaters. Ich blieb stehen, bis ich bemerkte, er musste in einem Büro sein. Ich ging weiter, schnell aber leise. Ich kannte diese Gänge, nicht nur, weil ich mit 14 beim „bring dein Kind mit zur Arbeit'' Tag hier war, sondern auch, da ich nachgeforscht hatte und genaue Pläne für diese Reise gemacht hatte. Und endlich, da war sie, die Tür zum Portal. Ich hielt mom's Kette an den Scanner, >>Kette erkannt, Durchlass. << gab das Ding von sich. Die schwere Metalltür öffnete sich und ich ging hindurch. Da war es, das Portal zur Menschenwelt! Ich ging hindurch, plötzlich schwebte ich mitten im nirgendswo, alles war schwarz, nur die Menschenwelt leuchtete auf. Ich musste wohl auswählen, wo ich hinwollte. Ich ging zum einzigen Platz, den ich kannte, England! Plötzlich schoss ich durch das unendliche nichts und landete weich in etwas kaltem, nassen. Ich hüpfte auf. Alles war so weiß! Ich dachte immer, Bäume wären hier oben grün, doch sie waren weiß. Neben mir war ein Stein, auch der war weiß! Zu mindestens oben…. Ich verstand das alles nicht…war das die falsche Welt? War es der Himmel mit seinen Engeln? Ich hoffte nicht, da Demonen und Engel nicht gut untereinander auskommen. Ich schaute mich um, doch sah nichts als Bäume in Weiß. Ich fasste in das Weiß, ich wollte es hochheben, aber es war weg, sobald ich es hochhob, also zu mindestens aus meiner Hand weg, alles andere war noch da! Ich legte meine Hand ins Weiß, um meine Hand herum verschwand es…plötzlich sah ich was Grünes. Das war Graß! Also war ich doch in der richtigen Welt? Diese Welt war mir zu kompliziert! Plötzlich hörte ich etwas in der Nähe. Es war leise, aber klar. Ich schaute mich um und erschrak, da war ein Mensch! Es war ein Mädchen, etwa in meinem Alter. Sie hatte blondes Haar, das etwas über den Schultern endete. Sie hatte tiefgrüne Augen. Ihre Kleidung war definitiv dicker als meine, eine rote, schlabbrige Mütze, eine dunkelblaue, an der Hüfte endende Jacke, eine graue Jogginghose und rotweiß gestreifte Handschuhe. Ich sprang hinter den Stein, was sollte ich jetzt machen? Ich beobachtete sie, sie kam immer näher. Sollte ich sie angreifen und fressen? Sollte ich mich einfach hier verstecken und hoffen, dass sie mich nicht bemerkte? Sollte ich sie ansprechen? Nein, bestimmt nicht ansprechen. Wegrennen? Sie würde mich sehen! Ich endschied mich für das verstecken. Ich saß hinter dem Stein, hoffte, dass sie mich nicht sah. Plötzlich hörte ich ein >>Hatschi! << in einer echt schönen, beruhigenden aber aufregenden Stimme. Ich schaute hinter dem Stein hervor, hatte sie mich gesehen? Ich stellte meine Hand am Stein ab. Kälte schoss durch meinen Körper, >>Ah! << machte ich. Das Mädchen schaute mich an. Ich blieb starr. Nein, nein, nein, bitte nicht! >>Wer bist du? Was bist du? << fragte sie. Ich schaute sie an, >>Ich? <<, fragte ich.>>Ja, du! << sagte sie und kam näher. Ich stand auf. >>Ich bin e-ein Dämon…<< stammelte ich.

>>Ein Demon? << fragte sie ungläubig.

>>Ja. << sagte ich.

>>Ernsthaft? <<

>>Ja! <<

>>Und du tust nicht nur so? <<

>>Nein…? <<

>>Whoa, cool! <<

Cool? Hatte sie keine Angst? Ich könnte sie aufessen! >>Ich bin Alice! << sagte sie mit einem süßen Lächeln. Irgendwas an ihr machte mich froh. >>I-ich bin Faith. <<, sagte ich. >>Das ist ein echt schöner Name! << sagte Alice. >> Danke? << machte ich. Sie schaute meine Kleidung an, >>Ist dir nicht kalt? << fragte sie. Was sollte ich sagen? Ich kannte Menschen nicht, war es ein Trick oder doch nur eine normale Frage? >>schon...<< sagte ich. >>Oh...warte...<< sagte sie. Ich schaute sie an. Sie nahm ihre Mütze ab und setzte sie mir auf. >>So, jetzt wird es hoffentlich besser! << sagte sie und lachte. Ich musste auch lachen, >>Deine Haare, sie sind etwas...verwuschelt. << sagte ich. >>Oh! << machte sie, lachte und strich ihre Hand über ihre Haare, >>Besser?<< fragte sie. >>Ja! << sagte ich lächelnd. >>Wollen wir zu einem, weniger kaltem Platz? << fragte sie. >>Ja. << sagte ich. War „ja" das einzige was ich sagen konnte? >>Ok, komm mit, wir gehen in ein Café! << sagte sie und zog mich hinter ihr her. Wir gingen über das endlose weiß. >>Was ist das eigentlich? Dieses ganze Weiß? Ich dachte immer die Erde wäre grün! << fragte ich. >>Das Weiß? Achso! Das ist Schnee, der fällt immer im Winter! << sagte sie. >>Fällt? << fragte ich. >>Ja, anstatt dass es regnet, ist es so kalt, dass Wasser zu Schnee wird, dann fällt der Schnee aus dem Himmel und hier wird alles weiß! << erklärte sie. >>Die Erde ist kompliziert! In der Hölle ist es einfach immer heiß! << sagte ich. >>Ich will auch mal in die Hölle, das hört sich echt cool an! << seufzte Alice. >>Das klappt bestimmt nicht ohne meinen Vater und der wird niemals ja sagen, solange er dich unten nicht essen darf! << sagte ich. >>Essen? Ts, ts, ts, ich bin viel zu…uhm…unlecker dafür! << sagte sie und lachte. Ich lachte auch. >>Warum hast du eigentlich keine Angst vor mir? << fragte ich. >>Keine Ahnung, du kamst mir von Anfang an nett vor. << sagte sie und lächelte. >>Echt? Danke! << sagte ich. Wir waren schon am Schnee vorbei. Wir gingen durch süße, kleine, altmodische Häuser, trotzdem lag hier auch noch Schnee. >>Es ist so schön hier! << staunte ich. >>Danke, aber ich mag es hier auch! << sagte sie.

The meet

Wir kamen bald am Café an. Es sah aus, wie die meisten Häuser hier, nur, dass es noch ein Schild welches „Café" sagte und etwas größere Fenster hatte. Ich musste also viele Menschen sehen. Ich machte mich mental darauf bereit. Alice öffnete die Tür und ich hörte das Klingeln einer Glocke oder eines Windspiels. Wir gingen hinein und drinnen waren sehr viele Menschen! Wir setzten uns an einen freien Tisch, er hatte 4 Stühle. Ich bewegte meine Zehen nervös und hatte meine Hände auf meinen Beinen und bewegte auch meine Finger nervös. Alice schaute mich lächelnd an, >>Alles gut? << fragte sie. >>Ja, bin nur etwas nervös. << sagte ich. >>Es wird schon alles gut gehen! << sagte sie und tätschelte mir auf die Schulter. Dann kam eine Kellnerin, >>Hallo! << sagte sie. >>Hallo! << sagte auch Alice. >>Hal-lo << nuschelte ich. >>Hier ist eine Speisekarte für sie. << sagte die Kellnerin und legte uns das Menü auf den Tisch.

Auf der Speisekarte standen ganz andere Gerichte als unten, in der Hölle. >>Was willst du? << fragte Alice. >>Uhm...ich kenne Tomaten...die gibt es unten, hier steht Tomatenauflauf...<< stotterte ich. >>Dann nimm den, der ist echt lecker! << sagte Alice, >>ich nehme Pizza Margherita.<<. Pizza kannte ich auch!

Aber keine Margherita. Als die Kellnerin mit ihren blonden, zu 2 Zöpfen zusammengebundenen Haaren in unserer Nähe war hob Alice ihre Hand leicht. >>Entschieden? << fragte die Kellnerin.

>>Ja, eine Pizza Margaritha und einen Tomatenauflauf bitte. <<.

>>Noch was zu trinken? <<

>>Ja, 2 Wasser bitte<<

>>Kommt sofort<<

>>Danke! <<

> Also erzähl mal, warum bist du auf der Erde? Die Hölle ist bestimmt viel spannender! << fragte Alice mich. Ich schaute mich um, ob sie niemand gehört hatte, niemand schaute uns an, also vermutete ich, nein. >>Also...<<

fing ich an, ich hatte mich schon an Alice gewöhnt, also stotterte ich nicht mehr so viel, >> Mein Vater ist der Chef einer Firma, die - auf die Erde reist und meine Mutter arbeitete dort mal. Ich wurde neugierig und fand die Hölle passte nicht wirklich zu mir, also nahm ich die Kette meiner Mutter und schlich in die Arbeit meines Vaters und teleportierte mich hier her. << erzählte ich. >>Kann ICH auch in die Hölle? << fragte sie. >>Wenn du so eine Kette hättest, würde das vielleicht klappen, aber eigentlich darf man das nicht.<<   sagte   ich. >>Hmmm...Ok....<<machte sie. Dann kam auch schon unser Essen. >>Voila, Tomatenauflauf, Pizza und Wasser!<< sagte die Kellnerin. >>Danke! << sagten wir beide. Der Tomatenauflauf sah anders aus als in der Hölle. Ich wollte Alice nicht verstören, also fragte ich nicht nach, wo die Augen waren. Ich nahm einen vorsichtigen Bissen. Die Tomate schmeckte so saftig, erfrischend! >>Die schmeckt ja ganz anders als unten! << gab ich von mir, >>In der Hölle schmecken Tomaten nach Blut!<<. >>Blut?!<<fragte Alice verwundert. >>Ja, vor 1.000.000 von Jahren, als es noch eine Treppe zwischen Himmel, Erde und Hölle gab, erntete ein Demonenbauer außversehen Tomaten. Er lebte direkt neben der Treppe und während des Drei-Welten Krieges viel eine Ader und Tomatenkerne in sein Feld. Später spritzte Blut auf das Feld und dann wuchsen irgendwann unsere ersten Tomaten. <<erklärte ich.

>>Aha...hört sich ja sehr...lecker an...<<sagte Alice ironisch, >>Aber ich hab noch nie von diesem Krieg gehört. <<. >>Das Gedächtnis aller Menschen

wurde gelöscht, danach wurden die Treppen zerstört, deshalb erinnert ihr euch auch nicht an die Drachen! << sagte ich. >>DRACHEN?!<<, Alice Augen begannen zu strahlen, >>Können wir irgendwie in die Zeit zurückreisen um die zusehen? <<. >>Ich glaube nicht...<< sagte ich. >>Och komm schon! << sagte Alice enttäuscht. Wir aßen weiter und redeten etwas. >>Uhm, ich sollte dich meinen Freunden vorstellen! << mampfte Alice, >>Die werden dich lieben ich meine...du bist ein Demon!<<. Ich lächelte. >>Ja...<<

sagte ich, aber ich war mir unsicher...würden sie mich wirklich mögen? Ich trank mein Wasser. Es war so kühl, so erfrischend! Ich trank es mit 3 Schlucken aus. Als Alice bezahlt hatte gingen wir. Wir liefen noch etwas weiter, bis wir zu einem Haus kamen, welches wie alle anderen aussah. Alice klingelte. Eine kleine Frau, mit langen, dunklen Haaren und einer dunklen Hautfarbe, mit lockerer Joggingkleidung machte auf. >>Oh hallo Alice! << sagte sie mit einem schönen Akzent, >>Wen hast du denn da mitgebracht?<<. >>Hallo Simmy! Ist Mary da? Das ist Faith. << sagte Alice. >>Hallo Faith! MARY KOMM RUNTER! << rief Simmy. Ein Mädchen sprang die Treppe runter. Sie war größer als ihre Mutter, auch sie hatte dunkele Haut und dunkelbraune, wellige und lockige Haare. Sie hatte ein lila Kleid mit Monden und Sternen drauf an. Untendrunter hatte sie ein dunkellilanes, langärmliges, etwas durchsichtiges Hemd und eine hellilane Strumpfhose an. Sie war wirklich schön. >>Hey Alice! << sagte sie. >>Hey! Das ist Faith! << sagte Alice. >>Oh, hey Faith! << sagte Mary. >>Hi. << sagte ich vorsichtig. >>Also, was wollt ihr denn machen? << fragte Mary's Mutter. >>Ich will Mary und Winson Faith vorstellen. << antwortete Alice und schob mich etwas vor. Ich lächelte schnell. >>Ah, schön, dann viel Spaß! << sagte Simmy. Wir verabschiedeten uns und gingen weiter. Wir bogen diesmal auch ab und kamen zu anderen, neuer aussehenden

Häusern. Während dessen stellte ich mich Mary vor und sie sich mir. Sie war auch 17. Dann blieben wir vor einem weiß-schwarzem Haus stehen. Alice klingelte. Ein Junge, etwa so groß wie Mary, die größer als wir war machte auf. >>Oh, hi! << sagte er. Sein Gesicht wandte sich von gelangweilt zu fröhlich als er das sagte. >>Hi! Das ist Faith! << sagte Alice. Ich winkte ihm vorsichtig und gab ein >>Hi<< von mir. >>Hi Faith! << sagte er. >>Kommst du? Wir wollen zu mir<< fragte Alice ihn. >>Ja<< sagte der Junge und zog seine Schuhe, Mütze und Jacke an. Er rief seiner Mutter zu, er ginge zu Alice und wir gingen los. Wir kamen zu einem der Häuser, welches so aussah wie fast jedes hier. Alice schloss auf. >>Alice?< < hörten wir eine Frauenstimme aus der Küche. >>Ja mom, ich bins! Mit meinen Freunden! << rief Alice zurück. Wir zogen uns die Schuhe aus und wollten gerade hochgehen, als Alice' Mutter kam. >>Wer ist den das? << fragte sie und zeigte mit ihrem großen, hölzernem, mit Tomatensoße beschmiertem Löffel zu mir. >>Uhm, das ist Faith<< sagte Alice. >>Hi Faith, du hast mir nie was über sie erzählt! << sagte Alice' Mutter. >>Ich habe sie erst heute kennengelernt. << sagte Alice und wir gingen hoch. >>Tada, das ist mein Zimmer! << sagte Alice und öffnete eine Tür. Ihr Zimmer hatte weiße Wände und einen lilanen Teppichboden. In einer Ecke stand ein Holz Bett. Mit dicken, weißen Lacken. Um es rum hing alles

Mögliche, unteranderem viele Bilder. Am Fenster standen Kakteen. Ich ging rein. Auf der Seite, die ich noch nicht gesehen hatte hing ein Brett, an welchem Blätter angepinnt waren. Untendrunter stand ein grünes Sofa. Die anderen setzten sich auf Alice' Bett. Es war so schön, angenehm warm hier. Nicht so heiß wie in der Hölle, aber auch nicht so kalt wie draußen. Alice stellte sich neben mich. >>Alsooo...heute stelle ich euch Faith vor. << begann Alice, >>Machen wir es schnell und einfach, Faith ist eine 17-jährige Demonin die aus der Hölle auf die Erde gereist ist!<<. Ich starrte sie an. Ich wusste, sie würde dass sagen, aber so schnell? Die anderen schauten mich fragwürdig an. >>Ich weiß ja nicht...<< sagte der Junge,

>>sie sieht irgendwie...nicht wie meine Vorstellung von Demon aus...<<. >>Zieh die Mütze ab!<< bat mich Alice. Ich zog meine Mütze vorsichtig ab und wurde dabei röter als ich eh schon war. Meine Hörner kamen zum Vorschein. >>Interessant...<< sagte der Junge, >>Das ist echt cool!<<. Mary's Augen leuchteten. >>EIN DEMON!<< schrie sie. War das jetzt positiv oder negativ? Ich starrte sie an. Sie sprang auf und rannte zu mir. Sie nahm meine Hände hob sie hoch und betrachtete mich. >>Darf ich?<< sie zeigte auf meine Hörner. Ich nickte. Sie fasste meine Hörner an. >>WOW! Du bist so...wow! Ich wollte schon immer mal einem Demon begegnen! Könnt ihr Auras sehen? Wie sieht meine aus? Ist sie wirklich

violett?<< machte sie aufgeregt. Ich lächelte unsicher. >>Faith, darf ich vorstellen, unsere demonenbessesene Hexe Mary!<< lachte Alice. Ich lachte. Sie mochten mich also? >>Ich weiß nicht...wie sieht man eine Aura?<< fragte ich. >>Ich hab mal gehört, Demonen können in deinen Körper gehen und dann deine Aura sehen!<< sagte Mary. Das erinnerte mich an etwas.... >>Oh, nein, das solltest du nicht wollen!<< sagte ich. Sie schaute mich fragend an. >>Das sind Demonen ohne Körper, sie sehen wie eine graue Rauchwolke mit roten, leuchtenden Augen aus. Sie sind oft ganz nett aber...sie können ihren Verstand verlieren wenn sie in deinen Körper reisen und dich damit umbringen oder verrückt werden lassen!<< erklärte ich. >>Oh...<<sagte Mary, >>Dann nicht.<<.

Move

Ich erklärte ihnen, warum ich hier war. Der Name des Jungens war Winson, das hatte Alice davor doch auch Mary's Mutter gesagt, oder? Es wurde schnell Abend und Mary und Winson gingen nach Hause. Ich und Alice gingen runter, zu ihrer Mutter. >>Mom...?<< begann Alice, >>Kann Faith für paar Tage bei uns bleiben?<<. >>Was? Hat sie kein Zuhause?<< fragte ihre Mutter ironisch und stand vom Sofa auf. >>Nein. Also doch aber...<< sagte Alice, sie schaute zu mir, >>Darf ich es sagen?<<. Ich nickte zögernd. >>Aber nicht in dieser Welt.<< beendete Alice. >>Wie nicht in dieser Welt?<< fragte Alice' Mutter und schaute uns unglaubwürdig an. >>Sie ist...ein Demon, sie kommt aus der Hölle.<< sagte Alice schnell. >>Ah, ich verstehe schon! Sehr lustig, ihr versucht mich zu veräppeln!<< lachte Alice' Mutter. >>Nein Mom, ernsthaft, schau dir ihre Hörner und ihre Haut an!<< sagte Alice. Mein Herz schlug so komisch, wie es das nie tat. >>Hmm...ich glaube dir das mit der Demonengeschichte nicht aber soll sie doch bleiben!<< sagte ihre Mutter, >>Ich bin übrigens Maria, Maria Willes.<< fügte sie, zu mir schauend hinzu. Ich nickte lächelnd. >>Danke.<< flüsterte ich. >>Aber dann, kommt essen!<< sagte Frau Willes und wedelte uns mit ihrer Hand her. Wir gingen zu ihr. Wir knallten gegeneinander. >>Oh, sorry.<<

machten wir gleichzeitig und lachten. Wir aßen Spaghetti mit Tomatensoße. Es gefiel mir hier oben. >> Willst du das Gästezimmer?<< fragte mich Maria, als sie fertig war. Ich schaute zu Alice-wieder zu Maria und nickte.

>>Ok, es ist neben Alice` Zimmer.<< erklärte mir Alice' Mutter. Nach dem Essen gingen wir hoch. >>Tada, hier ist dein Zimmer!<< machte Alice und öffnete eine Tür. Ich starrte rein. >>Danke…<< sagte ich. Es sah aus wie-ich weiß nicht-blau? >>Wenn du lange genug bleibst kannst du es dekorieren!<< sagte Alice mit einem breiten Lächeln. >>Werde ich!<< sagte ich. Wir hörten Alice' Mutter aus dem Wohnzimmer rufen. >>Ja?<< rief Alice zurück. Wir liefen runter. >>Kümmert euch morgen um Faith's

Kleidung. Das Kind erfriert mir hier noch!<< sagte Maria und klatschte ihre Hände an meine Schultern. >>Machen wir!<< sagte Alice, schnappte sich eine Packung mit etwas weißem drinne und lief hoch. Ich hinterher. Sie warf sich auf ihr Bett und öffnete die Packung. >>Willst du Marshmallows?<< fragte sie mich und hielt mir die Tüte hin. Ich nickte wieder nur und nahm 2 aus der Packung. Von außen waren wie krustig und von innen weich, klebrig und süß. Etwas daran gefiel mir. >>Die sind gut!<< sagte ich. Alice lächelte, >>Lass uns ein Film schauen!<< sagte sie und holte ihren Laptop. >>Ok, welchen?<< fragte ich. >>Grinch! Paar Tage vor Weihnachten ist der ein muss!<< sagte sie und öffnete eine

App. Ich kannte den Film nicht also ließ ich mich einfach überraschen. Wir machten es uns auf ihrem Bett gemütlich und Alice lies den Film starten. Es ging um ein grünes, haariges Lebewesen, welches so drauf war wie so einige Dämonen unten. Das Ende war anders, als die ganzen Dämonen Filme. Alles war wieder gut- in der Hölle war das Ende meist gut für einen und schlecht für den anderen. Nach dem Film redeten wir noch. >>Was sind so Weihnachtstraditionen in der Hölle?<< fragte Alice mich. Ich überlegte->>Ein Baum- ohne Blätter, den Menschen weggeschmissen haben, Rubine werden drangeklebt und jeden Abend im Dezember singt man ein Lied.<< erklärte ich.

>>Sowas wie…Jingle Bells?<<

>>eher sowas wie wish me luck.<<

>>Warum?<< fragte Alice mich. >>Man weiß nicht wie, wieso, warum, doch jedes Weihnachten stolpert einer über die Geschenke und verwundet sich am spitzen Baum.<< sagte ich leise, da ich wusste, dass das nicht wirklich weihnachtlich hier oben klang. >>Au-<< machte Alice und schaute mich mit einer gerunzelten Stirn an, >>Willst du es mir vorsingen?<<.

>>Es ist spät-<<,

>>Bitte!<<,

>>Na gut…<<.

>>Oh it's Christmas soon so wish me luck. Don't let me be the one to fall. Ringeling ding-ringeling ding. When we all are gathered soon, in a hall or in a barn, wish me luck, o wish me luck. Don't let me be the one to fall.<< sang ich. >>Das hört sich gut an!<< sagte Alice->>Ich wusste nie das die Hölle so ist.<<. Ich schaute sie fragend an. >>So positiv, ihr singt, ihr feiert Weihnachten, und schau dich an! Du siehst wow aus!<<. Ich lachte, >>Danke aber es gibt genug negatives da unten, diese paar Sachen!<<.

>>Das ist genug!<<.

Ich gähnte. Dieser Tag war lang...sehr lang. Es fühlte sich an als wären es viele Tage gewesen! >>Geh schlafen!<< sagte Alice, schaute in meine Augen, die langsam von alleine zufielen. Ich nickte, mit einem müden Lächeln. Wie war ich gerade noch fit genug um zu singen und jetzt so müde? Ich stand auf und schaute auf die Uhr. >>1 Uhr?<< fragte ich verstutzt, >>Der Abend verging so schnell!<<. >>Ja...<< flüsterte Alice. Ich sah auch in ihren Augen, dass sie müde war. >>Gute Nacht.<< sagte ich, genauso wie sie. Ich ging in das Gästezimmer und warf mich auf das Bett. Das Zimmer war in schlichtem Blau dekoriert, das Bett war kleiner und niedriger als das von Alice, daneben stand ein weißer Schrank, an der

Wand, in der auch die Tür eingebaut war stand eine lange, dünne, weiße Kommode mit einem Spiegel drüber und ein paar Kerzen und Deko auf der Kommode. Ein blau-goldener Teppich bedeckte den Großteil des Bodens und die Gardienen schimmerten weiß. Das Bett war gemütlich- nicht so gemütlich wie das von Alice aber toll. Ich zog meine obere Kleidung aus und schlief in einer schwarzen Strumpfhose und einem schwarzrot gestreiften Unterhemd. Ich wollte Alice nicht nochmal stören, indem ich wieder in ihr Zimmer ging um sie nach Kleidung zum Schlafen zu fragen. Ich schlief 10 Minuten nachdem ich die Augen geschlossen hatte ein. Ich weiß nichtmehr genau worüber ich geträumt hatte, nur, dass es irgendetwas mit einem der Feuer-Hunde in der Hölle zu tun hatte. Ich stand auf, weil Alice in mein Zimmer gerannt kam. >>FAITH! << schrie sie. Ich mochte ihre Art, sie war das Gegenteil von meiner, aufgedreht-das war wohl das beste Wort um ihre Art zu beschreiben. Ich setzte mich auf, >>Huh?<< machte ich und rieb mir die Augen. >>Ich habe eine tolle Idee!<< sagte Alice aufgeregt, >>Wie wär's wenn wir Weihnachten nach Erden Tradition feiern und Silvester nach Höllen Tradition?<<. >>Mhm..<< machte ich verschlafen. >>Meine Mutter hat mir das hier für dich gegeben!<< sagte Alice und warf mir ein schwarzen Pulli zu. Dann ging sie wieder und ich zog mich um. Mein Unterhemd zog ich über den Pulli, es sah echt gut aus!

Später aßen wir und gingen danach in einen second-hand Laden, weiter unten in der Straße. >>Hallo Alice!<< sagte die Frau die dort arbeitete. Sie war kleiner als wir, hatte schwarze, strubbelige, Schulterlange Haare, ein kleines Gesicht und war etwa um die 50. >>Hallo Sollei!<< sagte Alice. >>Hallo-<< murmelte ich. Der Laden war klein und doch fand ich perfekte Kleidung. Ein schwarzen, etwas eingerissenen, lappigen Pullover, einen engen, graublau gestreiften Pullover, einen weißen Schal mit Totenköpfen und ein schwarzes Kleid für Weihnachten. Alice brachte mich dazu, noch eine rote Schleife für das Kleid zu holen, >>Es ist doch Weihnachten!<<. Dann gingen wir raus, wieder auf das weite, verschneite

Feld von gestern. Ich hatte eine von Alice' Jacken an. Während wir eine kleine Schneeballschlacht hatten, sagte Alice, >>Also…wie ist Silvester in der Hölle so?<<. Ich überlegte…. Man trinkt roten Wein und ersetzt alle verwelkten Blumen vom Vorjahr mit roten und schwarzen Rosen. Man legt sich sommerlich angezogen aufs Graß und wird mit kaltem Wasser und heißem Wachs übergossen. Dann schaut man sich riesige Feuerwerke an, die die Geschichte des Jahres erzählen.<< erklärte ich. >>Das klingt spannend! Wir sind an Silvester bei Mary, ich schreib ihr das alles! Nur vielleicht ohne das heiße Wachs…<< sagte Alice und holte ihr Handy raus. >>Ja…in der Hölle sind wir nicht so empfindlich für Hitze.<< sagte ich.

Wie es wohl hier im kalten Graß wird? Wenn es sich schon in der Hölle kalt angefühlt hatte? Nach einer Stunde begannen wir zu frieren und gingen zu Winson. Er ließ uns rein, Mary war bei ihm. Wir schienen alleine hier zu sein. >>Meine Eltern tauchen seit gestern nicht mehr auf, hoffentlich kommen sie mindestens an Weihnachten!<< sagte Winson und erzählte mir über seine Familie, seine Eltern waren so gut wie nie zuhause, seine Brüder und Schwestern stritten immer mit ihm und keiner in der Familie mochte sich wirklich. >>Wenn die bis morgen nicht auftauchen verbringe ich Weihnachten bei Max...<< sagte er und rollte die Augen, er hat mich sowieso schon eingeladen. Max war wohl ein guter Freund von Winson.

Nach 3 Stunden und Plätzchen backen gingen wir wieder zu Alice. >>Kinder! Zieht euch was Schönes an, gleich kommt die Familie!<< rief Maria uns zu. >>Deine Familie kommt?<< fragte ich Alice. >>Ja, es ist Christmas Eve! Hier feiern wir es mit der ganzen Familie!<<

The feast

Ich zog mein schwarzes Kleid an und-
weil Alice unbedingt wollte, auch die
rote Schleife. Ich ging ins Bad um
mich vor dem Spiegel anzuschauen,
gar nicht so schlecht.... >>Du siehst-
wow aus!<< sagte Alice plötzlich. Ich
hatte gar nicht bemerkt wie sie
reingekommen war. Alice hatte ein
weises Kleid mit roten und goldenen
Glitzersplittern an. Sie sah bezaubernd
aus, wie ein Engel. Ich stellte mir sie
mit weißen Flügeln und einem
schwebenden Ring über dem Kopf vor.
Ich musste schmunzeln. Alice schaute
an sich herunter, >>Sehe ich so
komisch aus?<<, fragte sie.
>>Nein!<<, machte ich und lächelte,

>>Du siehst-<<, ich war nicht so gut in Komplimenten- >>Doppel wow aus?<<. Wir lachten. Dann gingen wir runter, alles war golden, rot und grün dekoriert, es schien als liege Feenstaub in der Luft. Es roch süß, salzig und nach allem, was man sich vorstellen konnte. Auf dem Esstisch brannten 4 Kerzen und das Licht war gedimmt. Es war schon dunkel draußen. Dann klingelte es und wir gingen zur Tür. >>Hallo Alice! Frohe Weihnachten mein Kind! Du bist ja so groß geworden, unfassbar!<< sagte eine alte Dame mit Akzent und trat ins Haus. Alice lächelte. Und auch ich zwang ein Lächeln auf meine Lippen. Die alte Frau hatte weiße, lockige, kurze Harre. Sie war etwa 5 Zentimeter kleiner als wir und trug ein lila

glitzerndes Kleid. >>Hallo Omi!<<
sagte Alice und umarmte ihre Oma.
>>Wer bist du denn?<< fragte die
Frau. >>Ich bin Faith-<< sagte ich,
meine Hörner waren unter 2
Tannenbäumen versteckt. >>Das ist
meine Freundin, sie lebt für einige Zeit
bei uns.<< sagte Alice und lächelte mir
zu. Dann klingelte es wieder und
wieder. Bis alle da waren. Alice hatte
eine große Familie…. Zwei
Großmütter, 1 Großvater, 5 Tanten, 6
Onkel, 3 Cousinen und 1 kleinen
Cousin. Nachdem alle da waren sah
Alice enttäuscht aus. Ich sagte noch
nichts, da mich die anderen andauernd
ansprachen. Aber ich hatte den Drang
zu Alice zu gehen. So viel Empathie
spürte man in der Hölle normalerweise
nicht…. Doch ich konnte mithören,

worüber Alice und ihre Mutter sprachen. >>Mom! Kommt Dad dieses Jahr?<<, fragte Alice. >>Alice, ich denke du bist alt genug um zu verstehen, dass er nie wieder kommen wird!<<, sagte ihre Mutter daraufhin. >>Aber warum? Er kann nicht einfach so verschollen sein! Die hätten uns was gesagt, wäre ihm was schlimmes passiert!<<, gab Alice zurück. Doch ihre Mutter sagte nur: >>Er wird aber auch nicht 5 Jahre auf Geschäftsreise sein.<<, und wandte sich ab. Ich wusste nicht mal mehr ob jemand mit mir redete oder nicht, ich drängte mich einfach zu Alice. >>Alles gut?<< fragte ich. >>Ja…<< sagte sie und hob ihren Kopf, lächelnd. Sie zwang sich zu lächeln, ganz klar. >>Genieße Christmas Eve! Wir können später reden wenn du willst aber jetzt- genieße es einfach!<< sagte ich. Ich klang hier oben echt optimistisch-. Dann gab es Essen. Alle setzten sich hin und aßen. Der Kuchen- oder was auch immer es war- war toll! Ich denke ich hatte noch nie so viel an Weinachten gelacht! Auch Alice hatte jetzt ein echtes Lächeln. Der kleine Cousin war fasziniert von mir. Er wollte sogar auf meinem Schoß sitzen. Es wurden viele Bilder gemacht und ich gewöhnte mich immer mehr an Menschen. Eine ihrer Cousinen schien mich nicht zu mögen, sie starrte mich seltsam an und flüsterte ihrer Schwester daraufhin was ins Ohr. Ihre Schwester schaute sie daraufhin nur an, mit einem „Sag sowas nicht`` Blick. Danach fingen wieder alle an aufzustehen, zu reden, Spiele zu spielen und, und, und. Aber Alice konnte ich nicht mehr finden. Ich schaute in ihrem Zimmer, im Bad, überall. Doch dann sah ich sie durch das Fenster, sie war im Garten. Ich ging auch raus. Ich fror direkt. >>Puh-Alice was machst du hier?<< sagte ich, meine Stimme zitterte. >>Das ist mir zu voll dort drinnen...<< sagte sie. >>Wir können ja hier bleiben, aber ich finde es echt kalt!<< sagte ich. Ich hatte natürlich vergessen mir eine Jacke anzuziehen. >>Gehen wir rein.<<, lachte Alice und rieb ihre Hände an meine, um mich aufzuwärmen. Ich lächelte und wir schauten uns in die Augen. Dann gingen wir rein. >>Wärme!<< rief ich. Alice lachte und drehte sich.

Mittlerweile war es acht Uhr. >>Faith, Alice, kommt her!<< rief Alice' Tante uns zu und wedelte wild mit ihrem Arm herum. Wir gingen zu ihnen. >>Wir wollen jetzt Monopoly spielen.<<, sagte Larisse, die Cousine, die nichts gegen mich hatte. Ich setzte mich neben sie, und Alice setzte sich neben mich. >>Was ist Monopoly?<< fragte ich. Und schon bevor ich aussprechen konnte schauten mich alle negativ überrascht an. Durfte man auf der Erde sowas nicht fragen? Musste man hier oben alle Spiele kennen? War es unhöflich sowas zu fragen? >>Du kennst kein- Monopoly?!<< rief die eine Cousine, die Schwester von der, die mich nicht mochte in die Runde. Ich schüttelte langsam meinen Kopf. >>Was?!<< sagte die die mich nicht mochte. >>Monopoly ist DAS Spiel das jeder kennt!<< sagte Larisse. Dann wurde mir Monopoly erklärt und wir spielten es. Es war eigentlich ganz cool. Ich bekam nur irgendwie alle billigen Straßen ab. Währen Alice' Onkel Cosmin gewann. Alice Familie kam aus Rumänien. Manche sind extra von Rumänien hierhergekommen. Die eine Oma mit dem Opa und ein Onkel mit seiner Frau Liana und Kindern Floricia und Oana. Oana war die, die mich nicht mochte, Floricia war ihre Schwester. Die Großeltern konnten nur Rumänisch, Der Onkel und die Tante auch etwas Englisch und ihre Kinder konnten beides mit Rumänischem Akzent. Dann gingen wir alle schlafen. >>Mos Craciun vine in seara asta!<<, sagte die Mutter des

Kleinen Cousins. Ich verstand nichts.
>>Mos Craciun!<< rief das kleine
Kind fröhlich. Ob Alice wohl
Rumänisch verstand? >>Alice?<<
fragte ich, >>Sprichst du
Rumänisch?<<. >>Ja! Ich hab
Rumänisch schon gelernt, da konnte
ich noch kein Englisch!<< sagte Alice.
Dann gingen wir schlafen, irgendwie
passten die Betten für alle. Auch wenn
2 auf dem Sofa schliefen. Alle die in
Rumänien lebten schliefen in einem
Zimmer, teilweise nur auf Matratzen
auf dem Boden. Und alle die in
England lebten in einem Zimmer, auch
teilweise auf Matratzen. Und dann gab
es mich, Alice und ihre Mutter, mit
unseren eigenen Zimmern. Ich hörte
>>Noapte buna!<< von allen Ecken
des Hauses. Also sagte ich es auch.

Newspaper

Es war der 27. Dezember. Heute fuhren auch die letzten Gäste nach Hause. Die, die aus Rumänien gekommen waren übernachteten jetzt bei anderen Familienmitgliedern. So langsam hatte ich mich sehr an die Menschenwelt gewöhnt. In mir drin schlummerte immer noch der Gedanke, was wohl meine Eltern denken würden, doch ich versuchte diesen zur Seite zu schieben, da ich vergessen hatte, wie man zurückkommt. Ich saß in meinem Zimmer und starrte aus dem Fenster. Es schneite. Alice stürzte in mein Zimmer. >>Hii!<< sagte sie und warf sich neben mir auf das Bett. >>Hi.<<

sagte ich lächelnd. >>Ich liebe Schnee!<< meinte Alice und starrte aus dem Fenster. >>Wollen wir bei Winson essen?<< fragte sie mich nach einiger Zeit. >>Klar!<< meinte ich. Also gingen wir zu Winson. Mary war auch da. Sein Haus war echt groß. Alles sah so perfekt aus. Dieses Haus war das komplette Gegenteil Von den anderen Häusern im Dorf. Alles war in schwarz-weiß Tönen gehalten und hatte klare Formen. Das Sofa war aus grauem Samt. Zwischen der Küche und dem Wohnzimmer waren zwei riesige Fenster. Vielleicht waren es auch Türen. Hinter ihnen war jedenfalls ein großer Garten, der übersäht von Schee war. Winson machte uns ein Getränk. Es war braun und sehr lecker und warm. Es roch himmlisch! Wir erzählten uns ein wenig über Weihnachten. Winsons Eltern waren rechtzeitig zu Weinachten gekommen, und seine Großeltern auch. Mary war in London bei ihrer Tante gewesen. Dann änderte Winson das Thema. >>Habt ihr schon vom Verschwinden von Menschen gehört?<< fragte Winson. Niemand von uns hatte was davon gehört. >>Irgendwo im Norden von England sollen Spurlos Menschen verschwinden!<< sagte Winson. >>Die Polizei muss doch irgendeine Spur gefunden haben, mindestens jemanden, der wusste, wo eine dieser Personen war.<< sagte Mary unglaubwürdig. >>Eben, es gibt Leute die meinen, dass die Menschen an einem gewissen Ort waren, doch an keinem dieser Orte sind Spuren von den Leuten oder den Verbrechern zu finden! Und...<< erklärte Winson. >>Und?<< fragte Alice. >>Und ich hatte eine Idee- eine dumme Idee.<< sagte Winson, >>Wie wäre es wenn wir versuchen, diesen Fall zu lösen?<<. >>Wir?<< lachte Alice, >>Die Polizei schafft es nicht, aber wir sollen es schaffen?<<. >>Wir haben es ja noch nicht mal probiert- außerdem hätten wir dann was zu tun!<< schlug Winson vor. >>Vielleicht ist das gar nicht so dumm, wir haben einen Demon auf unserer Seite, die Polizei nicht.<< meinte Mary. Als ob ich gut in sowas wäre...vielleicht?

>>Was wenn wir dann auch spurlos verschwinden?<< warf Alice ein. >>Werden wir nicht, die werden Angst

vor Faith haben!<< meinte Winson. Ich schaute zu ihm. >>Sorry-ich meine...du bist ja ein Demon und wenn du einen auf böse tust...<< sagte er schnell. Ich lächelte, >>Das kann klappen, wenn sie nicht so wie Alice sind.<<. >>Warum ich?<< fragte Alice. >>Du hast mich im Schnee hinter einem Stein gefunden. Und deine Reaktion darauf, dass du vor einen Demon stehst war: >>Oha cool<< erklärte ich. >>Ist doch auch cool!<< lachte sie. Ich lächelte wieder, >>Wir können es versuchen...<<. Daraufhin fingen wir an alles zu planen.

Let's start

3 Tage nach Silvester trafen wir uns wieder um unseren Plan fertig zu stellen. Wir trafen uns bei Mary. Eigentlich war schon alles fertig geplant. Morgen sollten wir los. Alice hatte mir einen Rucksack geliehen um meine Sachen rein zu tun. Irgendwie gab es auch nicht mehr wirklich viel zu besprechen. Ich merkte nur, dass ich noch nie mit einem menschlichen Verkehrsmittel gefahren bin. Also erklärte mir Winson, was ein Zug ist, weil wir wohl damit fahren würden. Danach gingen wir nochmal durch, ob wir alles Wichtiges gepackt hatten. Mittags gingen ich und Alice nachhause. Es war so kalt und diese

weißen Dinger- Schneeflocken fielen Von Himmel. Ich lief wie eingefroren, so kalt war es seitdem ich hier war noch nicht. Alice bemärkte, dass mir zu kalt war also legte sie ihre Arme um mich und drückte mich. Ich legte meinen Kopf auf ihre warme Schulter und so gingen wir den ganzen Weg. Bei ihr packten wir noch die letzten Sachen ein und entspannten uns, da wir wussten, dass wir in den nächsten Tagen vermutlich nicht viel Zeit dafür hätten. Am nächsten Tag standen wir früh auf. Alice wollte mit Fahrrädern fahren - keine Ahnung was das ist. Anscheinend brauchte man dafür Übung, denn ich fiel direkt um. Aber das waren auch so komische Dinger auf 2 Rädern, wie sollte man da nicht umfallen? Da wir keine Zeit hatten mir beizubringen mit diesen Dingern zu fahren, wurden wir Von Alice' Mutter mit dem Auto - auch keine Ahnung was das war - gefahren. Wie viele Verkehrsmittel hatten diese Menschen bitte? Es fühlte sich komisch an, voranzukommen, ohne selber etwas zu machen. >>Also in der Hölle sind wir aktiver.<< meinte ich. Aber irgendwie merkte ich auch wie ich immer menschlicher wurde- ich meine ich war noch nie so wie viele der anderen Demonen - aber ich werde zu...zärtlich. Ich meine- ich aß ja nicht mal mehr Menschen! Ich war also quasi Vegetarierin, Tiere haben mir nämlich noch nie geschmeckt. Deshalb hatte Alice mir auch einen Anstecker gemacht auf dem „Vegetarian Demon" stand. Und dann wurden meine Gedanken unterbrochen.

>>Wir sind da!<< sagte Alice und zeigte auf einen Ort- Bahnhof oder so. Wir stiegen aus und Alice umarmte ihre Mutter, >>Bis bald!<< sagten beide. Das gab mir dann doch einen kurzen Moment, in dem ich gerne in der Hölle wäre. Ich versuchte diesem aber zu vergessen. Vor uns standen auch schon Mary und Winson. Alice hatte die Fahrräder mitgenommen, Winson und Mary hatten auch welche. Jetzt musste ich nur noch lernen, wie man die Dinger benutzt. >>Endlich seid ihr da! Unser Zug kommt in so 5 Minuten!<< meinte Mary und wir beeilten uns zu- ich weiß nicht genau wo aber anscheinend hält hier der Zug. Winson und Mary hatten recht, kaum

waren wir da, kam der Zug. Er sah anders aus als ich ihn mir vorgestellt hatte. Er war so lang und hatte viele schwarze Fenster. Und er war unglaublich schnell. Wir stiegen ein und fanden einen Viererplatz. Unsere Fahrräder waren in der Nähe. Von innen schien der Zug noch gigantischer! Und ich hielt mich erschrocken am Sitz fest als wir deutlich schneller losfuhren als mit dem Auto. Alice versuchte mich zu beruhigen >>Alles gut, entspann dich!<< lachte sie. Ich schaute mich um- selbst das Baby und der Hund auf der anderen Seite schienen entspannt. Vielleicht war das ja nicht so schlimm... Aber trotzdem- ich bemerkte mit jedem Tag mehr, wie gefährlich die Menschen eigentlich mit ihren ganzen Erfindungen und Bauten waren. Mit einer Sache hatten meine Eltern also doch recht... . Ich packte meine Mütze, um zu prüfen ob meine Hörner wirklich versteckt waren. Waren sie. Wir haben viele Male gehalten. Wieder und wieder. Und dann waren wir endlich da. Die anderen standen auf. Ich sprang hinterher, woher wussten die, dass wir da waren? Wir stiegen aus. Ich hielt das Fahrrad krumm in meinen Händen. Wir rollten die Fahrräder aus dem Bahnhof und bleiben stehen. >>Jetzt müssen wir nur irgendwie den Weg zu unserem Hotel finden. Endlich eine Sache die ich kannte, Hotels. Die gab es in der Hölle auch. Mary holte ihr Handy raus und tippte drauf herum. Ich verstand diese Dinger immer noch nicht. Dann fing das Handy an zu sprechen! Aber als wüsste es genau wo wir sind! Ich starrte es an. >>Navigation<<, meinte Winson und hob die Augenbrauen mit einem Lächeln hoch und runter. Ich atmete laut aus und hob auch meine Augenbrauen hoch. Dann lachten wir. >>Wir müssen Faith erstmal zeigen, wie man Fahrrad fährt!<< sagte Alice. Mary lachte. >>ALSO!<< fing sie an, >>Setz dich drauf!<<. Ich versuchte mich zu setzen, meine Füße berührten grade noch so den Boden. Meine Hände hatten das Steuer fest gegriffen. >>Alles gut, lass locker!<< meinte Alice und legte ihre Hände leicht auf meine. Ich zog meine zurück und fiel um. Alice lachte. Ich fiel in Winsons Arme, welcher neben dem Fahrrad stand. >>Sorry...<< meinte ich und richtete mich auf. Ich versuchte es erneut. Ich fiel nicht direkt um, aber das mit dem Fahren klappte noch nicht so wirklich. Nach so 10 Versuchen klappte es endlich! >>JAAAAA!!!<< rief Alice mir nach. Dann konnten wir endlich los. Ich war aber immer noch sehr langsam. Wir machen alle 5 Minuten Pause. Ich setzte mich dann immer auf eine Bank und starrte dieses Höllenteil namens Fahrrad an. >>Ich mag das nicht.<< meinte ich. >>Wir sind sowieso bald da!<< sagte Mary und klopfte mir lachend auf die Schulter. Haha.

Wir fuhren weiter. Wir fuhren. Und fuhren. Und fuhren. Die Reise schien kein Ende zu haben. Bis Winson dann endlich sagte >>Wir sind da!<<. Ich starrte ihn erleichtert an und viel wieder um. Mist!

Vor uns lag ein riesiges Gebäude das aussah wie ein Quadrat mit Löchern drin. Nicht sehr erstaunlich. Es war in einem schmutzigen weiß gestrichen und hatte wenig Gras um sich rum. Der Schnee war weg, hier gab es nur Nässe. Wir stellen unsere Fahrräder ab und gingen rein, durch riesigen Glastüren. Es war Ok aber nicht wirklich beeindruckend. Wir gingen an die Theke und als eine Frau näherkam, stellte ich nochmal sicher, ob meine Hörner versteckt waren. >>Willkommen! Ihr Name?<< sagte die Frau, auf ihren Namensschild stand „Mernovska". Diesem ganzen Prozess kannte ich. „Sraving" meinte Winson. Das war also sein Nachname. Aha.

Sie gab uns unsere Schüssel und wir gingen hoch. Unser Zimmer hatte ein Doppelbett und ein Hochbett. >>Ich nimm das!<< schrie Mary wie ein kleines Kind und hüpfte auf das obere Bett. >>Dann nehm ich das.<< meinte Winson mit einem Blick auf Alice und setzte sich auf das untere Bett. Alice starrte ihn an, dann drehte sie sich zu mir und sagte: >>Dann bleibt uns das Doppelbett.<<. Ich nickte. Wir legten unsere Rücksäcke ab. >>Also los mit der Spurensuche!<< sagte Winson und holte unsere ganzen Zettel raus. Was? Schon wieder los?! Bitte nicht!

Er schaute mich an, >>Wir gehen erst morgen los, wir plane heute nur nochmal alles durch!<< sagte er lachend. Wir setzen uns alle an den kleinen, runden Tisch in unserem

Zimmer. >>Also... morgen fahren wir...hier hin.<< zeigte Winson auf der Karte. Die stellen war rot eingekreist. Wir konnten beobachten, dass die Menschenverschwinden immer um diese Stelle rum waren. Es musste etwas an dieser Stelle geben, was alle übersahen....

Die Stellen war außerhalb der Stadt. >>Wartet-wo sind wir jetzt?<< fragte ich. Winson zeigte auf einen Punkt auf der Karte. Wir waren am anderen Ende der Karte! Meine Augen weiteten sich.

>>Wir fahren mit dem Bus bis...hier<< beruhigte mich Mary und zeigte auf einen Punkt in der Nähe unseres Zieles, >>Von hier fahren wir mit dem Fahrrad bis...hier!<<, noch ein Punkt auf der Karte, >>Da lassen wir die

Fahrräder und haben nur noch Paar Meter bis zum Ziel!<<. Gut.

>>Also werden wir die Gebäude in der Nähe absuchen und hoffen etwas zu finden?<< fragte Alice.

>>Ja und wir können schön unvorsichtig sein, wir wollen, dass sie uns finden! Dann können wir sie mit Faith bedrohen und währenddessen die Polizei rufen.<< erklärte Winson. >>Stimmt, Faith! Hier, ein Notfall Handy! Damit du uns anrufen kannst, wenn du sie findest!<< sagte Alice und warf mir ein „Handy" rüber. Es sah anders aus als die, die ich bei Menschen gesehen hatte. Es war oval förmig und... aufklappbar? Es hatte Tasten? Hilfe, ich war überfordert!

>>Das ist echt alt, aber es funktioniert!<< meinte sie. Ich starrte das Ding in meiner Hand an. Ich hatte keine Ahnung wie ich es benutzen sollte.

>>Zuerst musst du diesen Knopf drücken um es einzuschalten.<< sagte Alice.

Das tat ich, es ging nicht an.

>>Ist kaputt.<< sagte ich schnell und wollte es wegpacken. Aber nein.

>>Du musst lange drücken, so!<< Alice machte es an, >>Jetzt kannst du mit den Pfeilen in die Richtung gehen, in die du willst.<<. Bitte was? Ich drückte die Pfeile und irgendwas bewegte sich. >>Das wichtigste für dich ist jetzt, wie man anruft.<< meinte

Alice und zeigte mir wie das geht, >>Verstanden?<<. Nicht wirklich...

>>Ja?<< log ich. Den Rest des Tages planten wir nochmal alles durch. Ich hatte nicht wirklich das Gefühl, dass so ein einfachen Plan klappen würde, aber wir konnten es ja versuchen. Am Abend gingen wir früh schlafen, um morgen wirklich wach zu sein. Es war ein komisches Gefühl mit Alice in einem Bett zu schlafen und bei jeder Berührung zuckte ich zusammen, ich kannte das aus meinem jetzigen Leben noch nicht. Bis jetzt hatte ich immer alleine in einem Bett geschlafen. Ich war am längsten wach, auch wenn ich nur alleine im Dunkeln lag, ich konnte erst gegen Mitternacht einschlafen.

Where are you?

Nach dem Frühstuck gingen wir hoch. Heute war es wärmer als die letzten Tage. Auch wenn es trotzdem sehr kalt war. Wir zogen uns an. Ich hatte meine Mütze schon an, tastete trotzdem nochmal, ob sie wirklich da war. Auch Alice und Winson trugen eine Mütze. Mary trug runde, weiche Dinge die ihre Ohren umhüllten. Sie erinnerten mich an Kopfhörer. Wir gingen runter und holte unsere Fahrräder. Ich war immer noch sehr wackelig auf den Rädern, aber ich schaffe es bis zur „Bushaltestelle" oder wie das hieß zu fahren! Während wir auf den Bus warten bekam ich Kopfschmerzen, das war unnormal für Demonen. Ich versuchte sie abzuschütteln. In dem Moment fing es an zu Regnen und das Licht der Sonne schien zu flackern. >>Mist! Warum muss es denn jetzt regnen? << schrie Mary auf und schaute hoch. In dem Moment kam unser Bus. Wir rannten rein und fanden einen Platz für vier Personen. Ich schreckte wieder auf, als der Bus losfuhr. Diese Dinger schienen mir sehr gefährlich! Nach jedem Stop schreckte ich auf. Irgendwann standen die anderen auf, während der Bus noch fuhr. Ich versuchte das selbe. Doch ich viel um, schon wieder, in Winsons Arme. >>Es scheint wie ein Fluch, dass du immer in meine Arme fällst was?<< lachte er und half mir auf. Ich lachte nickend. In diesem Moment stoppte der Bus und ich fiel wieder in seine Arme und schaffe es diesmal, mich an seinen Hals zu klammern. Er half mir wieder auf und wir gingen raus. Er lachte, >>Du magst meine Arme!<< sagte er. >>Nein!<< schrie ich lachend, >>Ich falle nicht extra andauernd in sie!<<. Alice warf Winson einen Blick zu, >>Vielleicht solltest du mal in Alice' Arme fallen!<< bemerkte er, ich und Alice starrte ihn an. Er lachte. Alice gab ihn einen Schlag in den Oberarm. Dann rannte er vor zu Mary, die 3 Meter weiter mit ihrem Fahrrad wartete. Sie flüsterten irgendwas. Ich stieg auf mein Fahrrad, >>Schaffst du das?<< fragte Alice. Ich nickte. Die Reise mit dem Fahrrad schien unendlich! Wir stoppten fast bei jeder dritten Bank. >>Wenn es dir hier schon schwer fällt, was willst du dann auf dem Feld machen?<< meinte Mary. Feld? Hieß das- kein normaler Weg? Nur Matsch? Toll...

Und ja, wir kamen schon bald auf ein Feld, hier war es sehr nass und rutschig und ich kam kaum voran. Hier sahen aber auch die anderen so aus, als hätten sie es schwer. Nach 10 Minuten kamen wir an einem kleinen Haus an, auf der anderen Seite war eine kleine Straße. Wir stellten unsere Fahrräder hinter dem Haus ab. >>Zuerst durchsuchen wir dieses Haus.<< sagte Winson. Es war ein kleines Mehrfamilienhaus und ganz oben brannte ein Licht. Mary nahm ihre Haarspange raus und versuchte das Schloss zu knacken. Es ging nicht. >>Wir haben anscheinend zu viele Filme geschaut!<< lachte sie nervös. Hier war die Stimmung nicht mehr so schön. Es war nebelig und gräulich. Nirgendswo waren Menschen zu sehen. Als wir bemerkten dass unser Plan nicht wirklich der beste war, fiel mir was ein! >>Ich weiß was ich mache!<< sagte ich und nahm die Kette meiner Mutter vorsichtig ab. Die anderen starrten sie an, anscheinend hatten sie die Kette wirklich noch nicht gesehen. Diese Ketten waren dazu gemacht, die Menschenjagt einfacher zu machen. Wir jagten nur das was wir brauchten, nicht mehr, Menschen waren nämlich nicht unsere Hauptspeise. Aber die Ketten waren anscheinend auch für solche Situationen nützlich. Sie konnten nämlich menschliche Türen öffnen. Ich Schloss die Tür auf und sie öffnete sich knarzend. Dabei kam ein dunkler Korridor zum Vorschein. >>Das ist irgendwie gruseliger als ich dachte!<< sagte Alice. Mary schien aufgeregt, >>Das wäre der perfekte Ort für ein Vollmondritual!<< lachte sie. Mary war nicht sehr ängstlich. Für sie war die Gefahr wie ein Freund. Wir traten ein und Wind flog um meine Ohren. Der Boden knarzte, das Haus war alt. Winson schaltete ein flackerndes Licht ein, >>Nicht vorsichtig sein!<< sagte er nochmal, man hörte aber auch in seiner Stimme die Angst raus. Alice klammerte sich an mich. Oben hörten wir Schritte die plötzlich aufhörten. Wir schauten alle gleichzeitig · nach oben. Mary versuchte uns mit den Händen klarzumachen, dass sie hochging, das tat sie mit leisen Schritten. Alice zog mir die Mütze aus, kam nah an mein Ohr und flüsterte: >>Du bist ein böser Demon, ja?<<. Ich nickte. Ich hörte einen Schrei von oben, daraufhin noch einen. Daraufhin ein Lachen. Wir schlichen hoch. >>Was macht ihr Kinder denn hier?<< fragte ein alte Frau die mit einem kleinen Kind vor Mary stand. Ich setzte meine Mütze schnell wieder auf. Wir schauten uns alle an. >>Es war nur so kalt draußen! Die Tür war offen, also wollten wir uns aufwärmen!<< sagte Mary mit einem falschen Lächeln. >>Treibt euch hier nicht so alleine rum, schlimme Zeiten sind das heute, hier verschwinden ständig Leute!<< sagte die Frau und umklammerte ihren Enkel. >>Natürlich! Kann ich sie nur eine

Sache fragen?<< sagte Mary. Die Frau nickte, >>Nenn mich Goody Liebes!<<. >>Sind auch schon Menschen aus diesem Haus verschwunden?<< fragte Mary flüsternd. Die Frau nickte traurig, >>Familie Ribbon, letzte Woche, wir bekamen nichts mit, am Abend waren wir noch bei ihnen, am nächsten Morgen waren sie weg....<< erzählte Goody und zeigte auf eine Tür unten, >>Davor noch Familie Hoster und die Whistlers! Wir sind die einzigen die bleiben!<<. Sie klopfte auf eine Tür neben sich, auf der ein Schild „Neill" hing. Ich schaute sie bedauernd an. Ich hatte in den letzten Wochen so eine starke Beziehung zu Menschen aufgebaut, dass ich großes Mitleid empfand. >>Haben sie irgendwelche

Beweise, die bei der Suche helfen könnten?<< fragte Winson. >>Bedauere Darling, sie sind zu gut in ihren Handwerk.<<, sagte Goody, >>Wir müssen nun wirklich los, wir ziehen zu meinem Sohn!<<. >>Machen sie das! Viel Glück!<< sagte Mary. Die Frau ging runter. Sobald die Tür zufiel drehten sich alle zu mir. >>Was war das für eine magische Kette?<< fragte Winson. Ich schwieg...>>Wenn sie Türen öffnen kann, wäre es gut, wenn du alle Wohnungen hier öffnen könntest!<< fügte er hinzu, >>Wir sind vier Leute, es sind vier Wohnungen, wir teilen uns auf!<<. Ich holte die Kette wieder raus, sie leuchtete grün in meiner Hand, ihr Licht flackerte. >>Irgendwas ist hier falsch....<< flüsterte ich. Alice starte mich an, ich hatte ihre Ängste anscheinend vergrößert. >>Ich meine nur...ich hatte Kopfschmerzen, in dem Moment fing es an zu regnen, das Licht des Himmels flackerte und jetzt flackerte auch noch die Kette? Sie flackert nie...<< erklärte ich. >>Vielleicht ist das Wetter einfach nur schlecht!<< meinte Winson unglaubwürdig. >>Oder es ist ein Zeichen!<< meinte ich. Mary nahm mein Gesicht in ihre Hände, >>Versuch dich jetzt auf unserem Plan zu konzentrieren, nicht auf was anderes!<<. Ich nickte. Ich ging zu der Neill' Tür und schloss sie auf. >>Kann ich diese Wohnung durchsuchen?<< fragte Alice ängstlich. >>Klar.<< flüsterte Winson. Alice ging vorsichtig rein. Dann schloss ich die Tür der

Whistlers auf, die untersuchte Mary. Bevor Winson und ich runtergingen, stellten wir nochmal sicher, dass alle Handys funktionierten. Leise schlichen wir die Treppe runter. Er untersuchte die Wohnung der Familie Hister und ich die, von Ribbon. War wohl klar, dass ich den neusten Fall überprüfen sollte! Ich war ja ein furchteinflößender Demon....

Ich schlich rein und hörte noch ein leises >>Viel Glück.<< von Winson hinter mir.

Hier war der Boden etwas besser, aber auch knarzend. So sehr ich mich auch bemühte, jeder meiner Schritte gab ein Geräusch von sich. Ich schaltete das Licht ein, obwohl ich auch gut im Dunkeln sehen konnte. >>Nicht vorsichtig sein!<< dachte ich mir, aber mit jedem Schritte wurde sogar ich ängstlicher. Ich zog meine Mütze wieder ab. Tief ein atmen. Tief ausatmen, ich bin ein Demon, ich habe keine Angst vor sowas. Ich suchte entschlossen weiter nach Beweisen. Meine flackernde Kette machte mich unsicher. Mit meinem scharfen Blick inspizierte ich alles. Zimmer für Zimmer, nichts. Ich hörte Alice' und Mary's Stimmen oben. Dann hatte den perfekten Gedanken! Ich war ein Demon, ich konnte besser hören, sehen und riechen als Menschen! Ich kniete mich hin, so, dass ich kein Geräusch machte und fing an zu lauschen. Ich hörte Winsons Schritte, ich hörte Mary und Alice oben, aber sonst nichts. >>AHHHH<< drang es plötzlich von oben. Ich rannte hoch, und vernahm während dessen einen Geruch. Ich kannte den Geruch...nur woher? Der Schrei kam von Alice, das wusste ich. Ich rannte in die Wohnung, in der Mary und Alice waren und fand sie - lachend? >>Was ist passiert?<< fragte ich. Alice drehte sich um, erst jetzt sah ich einen Border Colli an ihrem Bein stehen. >>Alles ist gut, wir haben gesehen, dass sich etwas bewegt und-<<, Winson kam rein, >>Und es war nur Berry, der Hund hier!<< beendete Alice. Bei ihren Namen drehte Berry ihren Kopf. >>Woher wisst ihr, dass Sie Berry heißt?<< fragte ich. >>Das Namensschild<<, Mary zeigte auf ein Namensschild unter Berry's Fell. >>Armes Ding, sie ist hier bestimmt seit einer Woche alleine...wie hat sie das überlebt?<< dachte Alice laut und tätschelte Berry's Kopf, >>Ich und Mary haben beschlossen, dass ich sie adoptiere!<<. Berry umarmte Alice' Bein, wie ein echter Border Collie. Trotz ihres Fells konnte man sehen, dass sie sehr abgemagert war. >>Bring sie zum Tierarzt, wir schaffen das zu dritt auch!<< meinte Winson mit einem bemitleidenden Blick.

The end ?

Alice fing an, nach einer Leine zu suchen, einer die nicht kaputt war. >>Habt ihr eigentlich irgendwas gefunden?<< fragte ich. >>Nein.<< sagte alle synchron. >>Obwohl... wenn Berry's Besitzer in dieser Wohnung verschwunden waren, warum wurde sie dann dagelassen? Sie könnte der Polizei als Spürhund dienen, es muss jemand sein, der Hunde mag!<< dachte Alice laut. Das machte irgendwie Sinn. >>Plus, wie sind die Täter reingekommen? Die Türen waren verschlossen!<< fügte Mary hinzu. >>Und der Boden knatscht wie sonst was! Wie hat niemand sie gehört?<< dachte jetzt auch Winson laut. Ich nickte nachdenklich. Alice packte noch die wichtigsten Sachen des Hundes in eine Tasche, die sie gefunden hatte. >>Ich denke mal du brauchst das Bett nicht.<< meinte Winson zu ihr, während sie versuche Berry's Leine, die Tasche und das Bettchen zu tragen. >>Ich nehm es nur für die Zeit im Hotel mit, damit Sie noch etwas Geruch Von Zuhause hat.<< meinte Alice. >>Wir sollten die anderen Häuser noch durchsuchen, uns entgehen bestimmt noch Details!<< sagte Mary und schaute aus dem Fenster. Mittlerweile hatte sich das Wetter sogar verschlechtert. Es regnete, alles war grau, der Wind heulte laut. Der Nebel war so stark, dass wir das nächste Haus nur schwach sehen konnten. Die Wolken sahen nur nach noch mehr Gewitter aus. >>Wir sollten uns echt beeilen!<< sagte Winson und lief zur Tür. Alice fand noch den Regenmantel von Berry vor der Tür liegen und zog ihn ihr an. Bei diesem Regen würde der aber auch nicht mehr viel helfen. Bevor wir die Tür nach draußen öffneten, umarmte mich Alice schlagartig von hinten. Ich drehte mich um und legte vorsichtig meine Hände um sie. >>Bleib sicher, bitte!<< flüsterte sie mir ins Ohr. Ich nickte auf ihrer Schulter. >>Auch euch viel Glück!!<< sagte Alice zu den anderen und gab ihnen eine schnelle Umarmung. Winson öffnete die Tür und ein kalter, nasser Windstrahlt traf mein Gesicht. Ich schüttelte mich. Warum war es nur so kalt hier oben? >>Dann, tschüss!<< meinte Alice und ging in die Richtung, von der wir gekommen waren. >>Bis später!<< riefen wir zurück. Es war schwer, gegen den starken Wind zu laufen. Schon nach wenigen Metern hörten wir Alice' Stimme: >>L-L-Leute- kommt mal- AH!<<. Wir rannte zu Alice, die zu uns rannte. >>Ich hab sie - ge- ich hab sie gefunden!<< schrie sie und zeigte in die Richtung, aus der sie gekommen war. Wir schauten uns um, es war nichts zu sehen. Langsam bekamen wir alle Panik. Ich ging ein paar Schritte nach vorne, es war nichts zu sehen...

Plötzlich hörte ich ein Geräusch, die anderen schienen es nicht zu hören. Dann verstand ich, es näherte sich an Winson!

>>Winson, la-<< fing ich an. Doch in dem Moment sprang etwas aus dem Gras und packte Winson, es hatte eine menschliche Gestalt, war aber deutlich größer als er. Ohne zu zögern sprang ich hinterher, und brachte die Person aus dem Gleichgewicht. Trotzdem fiel sie nicht um. Ich packte den Rücken. Er was warm und hatte eine rötliche Farbe. Ich schaute auf den Kopf und plötzlich würde mir alles klar.

>>Stopp!<< hörte ich eine vertraute Stimme.

Es war alles so klar gewesen! Die verschlossenen Türen, keine Spuren, der Hund am Leben, kein Geräusch!

Wie war ich nicht schon längst draufgekommen?

>>Stopp! Das ist meine Tochter!<< hörte ich die Stimme schreien. Ich drehte mich um und schaute in die Augen meines Vaters.

>>Faith<<, er starrte mich an.

>>Hi Papa<< sagte ich leise.

Er hatte mich gefunden! Wie konnte er mich finden? Ich hatte doch alles so perfekt geplant!

Er schloss mich in seine Arme, >>Was hast du dir nur gedacht? Weglaufen?<<. Ich spürte die vertraute Wärme seiner Haut, nur Demonen hatten so Wärme Haut. Alle starrten uns an. >>Das ist ihr Vater?<< flüsterte Mary Alice zu. Alice nickte langsam.

Einen Moment lang herrschte Stille.

>>Jetzt<< sagte mein Vater und alle Demonen sprangen in die Angriffsstellung und umrandeten Alice, Winson und Mary, >>Können wir endlich zusammen jagen!<<.

Ich sprang direkt hinterher. Nicht zu den Demonen, sondern zu den Menschen. Jetzt war auch ich in meiner Angriffsstellung. Das Wetter wurde immer schlimmer.

>>Was ist in dich gefahren? Demonen verteidigen keine Menschen!<< schrie mein Vater mir zu. Ich konnte immer noch keinen der Demonen erkennen, da der Nebel immer schlimmer wurde. >>Was ist hier los?<< flüsterte Alice. Sie wusste genau was los war.

>>Das sind meine Freunde! Ich lasse sie euch nicht jagen!<< schrie ich. Ich

wusste nicht wo mein Vater war, ich wusste nicht ob ich ihn anschrie oder seine Mitarbeiter.

>>Was redest du denn da?! Hast du unsere ganze Geschichte vergessen? Wie blutrünstig die Menschen waren? Und wie gefährlich sie immer noch sind?<< schrie mein Vater wieder. Ich drehte mich um, seine Stimme kam von einer anderen Seite. Ich war noch nicht genug gebildet um durch Nebel sehen zu können. >>Zeiten können sich ändern! Gib den Menschen endlich mal eine Chance!<< schrie ich wieder.

>>Sie hatten genug Chancen, komm zu uns und verrate deine Eigenen nicht!<< schrie mein Vater schonwieder aus einer anderen Richtung. Sie schienen uns zu

umkreisen. Aber ich blieb stehen, ich drehte mich nicht mit ihnen wie eine Puppe im Theater. >>Ich bin jetzt Teil von beiden Welten Vater! Ich werde keine von beiden verraten!<< schrie ich in den Nebel. Mittlerweile war der Nebel so dicht, das ich meine Freunde kaum noch sehen konnte. >>Schätzchen!<< dröhnte es plötzlich vor mir. Es war nicht die Stimme meines Vaters. >>Ein Demon kann sich nicht einfach als Mensch anerkennen!<< es war NanNan's Stimme. Sie hatte früher immer auf mich aufgepasst. Seit dem nannte ich sie NanNan, ich wusste nicht mal, was ihr echter Name war. >>Wieso nicht? Wir sind nicht so verschieden!<< schrie ich. >>Hast du dich je wirklich Teil von ihnen gefühlt, konntest du je wirklich du selbst hier oben sein? Musstest du nie deine Hörner verstecken?<<.

Dann würde es still.

Sie hatte recht, das musste ich andauernd, ich war nie wirklich Teil der Gesellschaft hier oben.

Aber trotzdem würde ich sie nie meine Freunde jagen lassen!

>>Wenn ihr sie wollt, müsst ihr auch mich opfern!<< schrie ich. Alice legte ihre Hände auf meine Schulter. Ich spürte wie die anderen näher kamen.

>>Faith! Mach keine Dummheiten!<< schrie mein Vater. die Stimmen schienen näher zu kommen. Berry fing an laut zu heulen. Wie ein Wolf.

No.

Sie heulte erneut. Ich schaute mich panisch um. Sie würden mich doch nicht wirklich angreifen - oder?

Alice versuchte Berry zu beruhigen.

>>Psst, psst<< machte sie in einer bemühten, ruhigen Stimme. Doch man hörte ihre Ängste raus. Plötzlich hörte man Flattern aus allen Richtungen. Alle Vögel waren weggeflogen. Der Himmel fing an zu leuchten wegen allen Blitzen. Das Wetter war mittlerweile so schlimm, dass vermutlich selbst die anderen Demonen nichts mehr sehen konnten.

>>Scheiße.<< hörte ich vor mir. Es war ein Demon. >>Faith komm jetzt sofort her!<< schrie mein Vater.

>>Nein!<< schrie ich zurück, meine Stimme zerbrach zwischen all den Blitzen und dem Regen. >>Faith das ist kein Spiel mehr! Komm jetzt her! Wir werden deine Freunde nicht angreifen! Komm einfach her!<< schrie er nochmal. Seine Stimme klang ängstlich. Das hatte ich noch nie gehört. Ich nahm Alice' Hand und Winsons Hand. Ich konnte es nicht genau erkennen, aber es schien so, als hätte Winson auch Marys Hand. Wir gingen vorsichtig vor. Berry jaulte. >>Irgendwas ist hier falsch.<< flüsterte Alice. Außer dem Fakt, dass wir von jagenden Demonen umzingelt sind und das Wetter uns vermutlich

bald unbedingt? Meine Kette begann noch schneller zu flackern. Ich sah, dass auch die anderen Ketten der Demonen flackerten. >>Faith!<< schrie mein Vater, >>Schnelle-<< seine Stimme brach ab.

Es wurde plötzlich hell. Heller als je zuvor. Ich wurde geblendet. Ich könnte fast nichts mehr sehen. Ich schaute zum Himmel. Im Himmel, der davor noch grau gewesen war, war ein riesiger, heller Spalt entstanden. Bevor ich verstand, was das bedeutete fing die Erde an zu beben. Wir vielen um. Berry bellte ohne Pause und zerrte an der Leine. Ich versuchte mich zu erinnern, in welcher Richtung das Haus war. Langsam konnte ich wieder sehen. Doch ich konnte das Haus nicht finden. Wir mussten hier weg. Die

Erde bebte immer stärker. Plötzlich hörte ich etwas. Das Haus! Ein Teil des Hauses fiel runter. Alles schien nun so langsam. Als hätte jemand auf einen Knopf gedrückt, der alles verlangsamt. Ich schoss mit einer so starken Kraft hoch, dass ich vermutlich 5 Meter hoch sprang. Das war mir noch nie gelungen! Ich prallte mit ausgestreckten Armen wegen den Betonblock und warf ihn zur Seite. Dann fiel ich. Ich fiel die 5 Meter wieder runter, auf den Boden. Zu meinem Glück war er durch den ganzen Regen aufgeweicht worden. Ich war voller Schlamm. Obwohl mir alles wehtat, rannte ich zu meinen Freunden. Ich packte Alice Hand und zog sie vom Haus weg. Ich rannte zurück und packte auch Winson und

Mary, um sie vom Haus wegzuziehen. Die Erde begann zu reißen! Ich hörte einen Schrei von Alice und das Winseln von Berry. >>Alice!<< schrie ich. Ich ließ die anderen los und rannte ihrem Schrei hinterher. Ich fand sie auf einem Erdteil, welchen von den anderen abgebrochen war. Ich starrte sie an. Plötzlich knackte etwas. Das Erdteil! Es löste sich komplett von den anderen. Aber auch das Erdteil, auf dem ich stand fing an, sich zu lösen. Ich rannte los. Ich sprang mit so einer Leichtigkeit auf ihr Erdteil, das ich mich wie eine Feder fühlte. Trotzdem fing ihr Erdteil durch meinen Aufprall an, in die Tiefe zu stürzen. Zum Glück hatte Alice ihre Hände um Berry gestülpt, sodass ich sie packen könnte und wir es schaffen, vom Erdteil wegzuspringen. Ich spürte ihr hektisches Atmen an meinen Armen. Sie starrte mich an. Ihre Stirn lag auf meiner, sie schloss ihre Augen. Ich umarmte sie. >>Danke.<< flüsterte sie. >>Alice! Faith!<< hörten wir. Es waren die Stimmen Von Mary und Winson. Wir sprangen auf, Alice griff nach meiner Hand. >>Wir sind hier!<< schrien wir und rannten zu den vertraute Stimmen. >>Was ist passiert?<< fragte Mary. >>Die Erdteile lösen sich!<< sagte Alice hektisch. >>Wissen wir, habt ihr das schon gesehen?<< erwiderte Mary und zeigte auf einen roten Fleck in der Erde hinter ihnen.

>>Was ist das?<< fragte ich. Wir gingen näher, >>Oh nein!<< meinte ich. Es war ein Riss im Boden. Ein

Riss, genauso wie der im Himmel. Der führte zur Hölle. Ich wusste was das bedeutete. Passierte das alles wegen mir? War ich wirklich nicht dazu bestimmt hier oben zu sein? Plötzlich hörten wir ein lautes Geräusch vom Himmel kommend. Ich schaute hoch. Es war zu spät, ich konnte nicht mehr reagieren, die Treppe zwischen den drei Welten raste auf uns zu. >>Faith!<< hörte ich ein Stimme. Bevor ich sie erkannte spürte ich, wie wir alle gepackt wurden und zur Seite gestoßen wurden. Berry jaulte auf. Ich schaute zurück. Es war mein Vater gewesen. >>Papa!<< schrie ich. Doch es war zu spät, die Treppe stieß gegen ihn und er fiel in die Hölle. >>Nein!<< schrie ich. >>Was passiert hier?<< fragte Winson laut. Alice hatte Berry in den Armen. Es war wieder hell genug, dass wir bis zum Haus sehen konnten. >>Wir müssen hier weg!<< schrie ich und packte die Hand, die am nächsten bei mir war und zog die Person mit hoch. Es war Winson. Auch die anderen sprangen auf. >>Was passiert hier?<< wiederholte Winson.

>>Der Drei-Welten-Krieg.<<.

The start

>>Wir müssen zum Wald!<< schrie ich, es war das erste, was mir einfiel. >>Holt Berry's Sachen!<< schrie Alice und deutete zum Haus. Mary rannte zurück und holte sie während ich und Alice schon losrannten. Der Wald war am Feld. Ich wusste nur nicht genau wo. Es spürte sich aber so an, als würden wir den richtigen Weg nehmen. Mary und Winson rannte uns mit den Hundesachen hinterher. In der Ferne wurde der Wald schon sichtbar. Ich schaute nach oben. Die Engel kamen runter geschossen. Ich spürte wie sich etwas in mir veränderte. Ich wusste genau was. Das war viel besser als Demonen Schule! Ich lernte alles

auf ein Mal! >>Alice! Nimm Berry in die Hand!<< schrie ich. >>Was? Sagte sie und bremste ab. Berry rannte weiter und warf Alice zu Boden. >>Nimm - ach egal.<< begann ich. Ich rannte los, schneller als je zuvor. Ich packte Alice mit einem Arm und Berry mit dem anderen Arm. Wir wurden immer schneller. Nach nur wenigen Sekunden waren wir schon im Wald der so weit weg geschienen hatte. >>Bleib hier!<<, ich rannte die anderen holen. >>Haltet eure Sachen gut fest!<< schrie ich ihnen zu. Ich sah, wie hinter ihnen Demonen aus der Erde krochen und sich Engel auf sie stürzten. Ich packte Mary und rannte Richtung Wald. Dort ließ ich sie neben Alice fallen. >>Faith!<< hörte ich Winson schreien. Ich rannte los. Er war umzingelt von Engeln. Engel. Sie scheinen wie so friedliche Kreaturen. Alle denken sie wären Nettigkeit in Person. Das denken sie... Eigentlich sind es blutrünstige Kreaturen. Zu mindestens im Krieg. Wenn Frieden herrscht, sind auch sie friedlich. Ich blieb stehen. Ich hatte noch nie Engel getroffen. Ich wusste nicht wie ich sie angreifen sollte! Aber ich musste Winson retten!

Plötzlich sah ich ein Schatten. Der Schatten umkreiste die Engel rasend. Sie fielen nacheinander um. Der Schatten packte Winson und rannte! Ich rannte hinterher. Der Schatten war zu weit weg um ihn anzugreifen. Plötzlich blieb er stehen. Erst dann bemerkte ich wo wir waren. Wir waren am Waldrand, bei Alice und Mary!

Jetzt erkannte ich auch, wer der Schatten war. Es war NanNan! Sie kniete sich hin um auf um auf unserer Höhe zu sein, auch wenn sie auf den Knien etwas kleiner als wir war. >>Der Krieg hat begonnen< sagte sie atemlos. Ich nickte. >>Wir müssen jetzt zusammenbleiben. Wir können nicht riskieren alleine zu bleiben!<< meinte NanNan. Wir hörten etwas Lautes im Feld. Sie zog uns etwas tiefer in den Wald. >>Vor 10 Minuten wolltest du uns noch umbringen!<< brach es aus Alice heraus, >>Wie sollen wir dir jetzt vertrauen?<<. Sie starrte uns mit demselben liebevollen Blick wie früher, wenn ich Angst vor etwas hatte an. Früher sagte sie dann meistens: >>Hey, du bist ein Demon! Demone haben keine Angst! Alle haben nur Angst vor uns!<<. Das sagte sie diesmal nicht. >>Ihr braucht auch einen ausgewachsenen Demon in eurem Team! Nichts für ungut, aber ihr seid 17, ihr seid noch nicht erfahren genug um den Krieg alleine zu überleben!<< meinte NanNan. Alice, Winson und Mary starrten sie kritisch an. >>Außerdem habe ich euren Freund hier gerettet!<< sagte sie und schlug Winson hart auf den Rücken, >>Ich hätte ihn auch den Engeln überlassen können oder ihn selber umbringen! Habe ich aber nicht gemacht, ich habe ihn sicher hier her gebracht!<<. Alice wollte etwas erwidern, doch wir hörten wieder laute Geräusche. >>Wir müssen schnellstens hier weg!<< sagte NanNan und sprang auf. Wir folgten ihr. Keiner wollte es zugeben, aber wir alle wussten, dass sie recht hatte. Es wurde immer dunkler, die Nacht brach ein. >>Auf dem Boden sind wir leichte Beute, wir müssen auf einen Baum.<< sagte NanNan. Das war einfach. Wir waren umzingelt Von hohen Bäumen. >>Wie sollen wir die hoch kommen?<< fragte Mary und schaute hoch. >>Klettern.<< erwiderte ich.

>>Da hoch?<<

>>Ja?<<

>>Faith- wir sind Menschen, wir können sowas nicht!<<

>>Achso.<<

>>Ja.<<

Das hatte ich nicht bedacht.

>>Ich gehe einen Baum suchen, bei dem ihr nicht runterfällt!<< sagte NanNan. >>Aber-<< begann Alice, doch NanNan war schon weg, >>Was ist mit Berry?<<.

Während wir auf NanNan warten saßen wir auf dem Boden und betrachteten die Sterne. Es vergingen viele Minuten und sie kam nicht zurück. >>Ist das so ähnlich wie das, was du mir erzählt hast?<< fragte Alice, sie lag mit ihrem Kopf auf meinem Schoss, Berry schlief neben ihr. >>Was?<< fragte ich.

>>Na der Krieg.<<

>>Ja, der Drei-Welten-Krieg...er ist wieder da.<<. Alle starrten mich an, ich konnte die Blicke zwar nicht wirklich sehen, ich konnte sie aber

spüren. >>Was genau heißt das?<< fragte Mary mit ängstlicher Stimme. Hier draußen war es sehr kalt. Wir waren alle zusammengedrückt, um uns gegenseitig Wärme zu spenden. Winson lehnte sich an mich, Mary lag auf seinem Schoss auf einer Hälfte des Hundebettes, Alice auf meinem Schoss auf der anderen. Berry lag zwischen ihnen. Ich erzählte ihnen das selbe, was ich Alice erzählt hatte.

>>Warum mussten eigentlich wir Menschen die sein, vor denen alles verheimlicht wurde?<< beschwerte sich Mary. >>Die Menschen haben die grauenvollsten Dinge getan, um zu überleben.<< erklärte ich. Ich spürte wie Mary etwas sagen wollte, doch aus dem Nichts stand plötzlich NanNan vor uns. Wir schreckten auf. >>Ruhig,

ruhig, ich habe den perfekten Unterschlupf gefunden! Neben einem alten Haus war auf einem der Bäume ein Baumhaus! Das kann unser Nachtquartier sein!<<. Das war wirklich perfekt! >>Wo ist es?<< fragte wir alle. >>Etwa 20 Minuten laufen von hier.<< meinte NanNan. Das war viel. Aber es war besser als auf dem nassen, kalten Waldboden zu schlafen. Wir machen uns auf den Weg. Es war so kalt, dass meine Haut anfing sich von meinen Händen zu lösen. Ich verstand nicht wie NanNan es mit einem Tank top aushielt! Nach einer gefühlten Ewigkeit waren wir endlich da! Das Baumhaus lag hoch oben in der Baumkrone. NanNan setzte Winson auf ihren Rücken, >>halte dich gut fest!<< sagte sie und kletterte hoch. Ich nahm Mary auf meinen Rücken. Mit meinen kalten Händen war ich deutlich langsamer als NanNan. >>Lasst mich nicht fallen!<< lachte Mary und krallte sich an meinen Körper. Als wir endlich oben waren, war NanNan schon wieder unten. Sie holte bestimmt Alice! Wir schauten uns um, ob vielleicht etwas Wärmendes in der Nähe war. Alles war zu veraltet! Überall waren Spinnenweben. Ich kehrte sie weg, Alice mochte keine Spinnen. >>Hier ist eine Couch!<< sagte Winson hinter uns. Ich und Mary drehte uns um. Die Couch war in Plastik gehüllt. Winson warf das Plastik ab und im Mondlicht schimmerte all der Staub der nun durch den Raum flog. Ich legte eine Hand auf die Couch. Sie war fast wie neu! Sie fühlte sich zwar sehr alt an, war aber deutlich besser erhalten als alles andere! Wir warfen uns auf die Couch. Es war so schön endlich wieder auf etwas Gemütlichem zu sitzen! In diesem Moment kam NanNan hoch. >>Faith? Du bist noch hier? Ich dachte du holst Alice!<< gab NanNan von sich, während sie sich aufrichtete. >>Ich dachte du holst sie!<< meinte ich panisch und wollte losrennen. NanNan hielt mich auf, >>Ich hab den Hund geholt, aber ich mach das schon, macht euch die Couch zum Schlafen bereit!<<. Bevor sie den Satz beendete, war sie schon auf ihrem Weg nach unten. Ich nahm Berry's Leine und führte sie zur Couch. >>Die Arme! Sie muss doch essen!<< bemerkte Mary. Meine Augen schossen auf. Das hatte ich komplett vergessen! Wir holten Berry's Napf und Futter aus der Tasche und fütterten sie. Während dessen kamen NanNan und Alice hoch. >>Alice!<< ich umarmte sie. >>Wie sollen wir alle auf diese Couch passen?<< dachte Winson laut. Ich und Alice drehten uns zu ihnen. Die Couch war nicht klein, aber fünf Personen plus Hund würden da sicherlich nicht draufpassen! Mary musterte die Couch und gab ein >>Aha!<< von sich, >>Die Couch ist ausziehbar!<<. Jetzt passten wir alle drauf! Nur sehr gequetscht. Winson, Mary, Alice und ich legten uns mit dem Kopf zur Rückenlehne. Berry quetschte sich noch irgendwie neben Alice. NanNan musste auf unseren Füßen schlafen. Es war sicherlich nicht das angenehmste Gefühl, aber es war warm. Ich lag noch lange wach. War ich wirklich der Grund für den Krieg gewesen? Hätte ich nie in diese Welt kommen sollen?

Irgendwann schlief ich ein. Obwohl wir in einem kleinen Baumhaus im Winter waren und auf einer alten Couch lagen fand ich es irgendwie gemütlich.

Ich wurde am nächsten Morgen von der Sonne geweckt. Als ich mich umschaute konnte ich NanNan nirgendswo sehen.

Ich stand auf und streckte mich. Die Wintersonne blendete mich. Ich schaute aus dem Fenster und atmete tief ein. Ich hatte schon fast vergessen, dass der Krieg gestern angefangen hatte. Nur der zersplitterte Himmel erinnerte mich dran. Aus meinem Zimmer in Alice' Haus hatte ich nach dem Aufwachen immer Vögel gehört. Jetzt hörte ich kaum etwas. Alles was fliehen konnte war geflohen. Nur wohin? Der Drei-Welten-Krieg erstreckte sich zwischen allen drei Welten.

Der ganzen Hölle.

Der ganzen Erde.

Und dem ganzen Himmel.

Unten an der alten Hütte die man in der Nacht nicht erkannt hatte saß NanNan.

Ich schaute nochmal die anderen an, sie schliefen alle.

Also beschloss ich leise runter zu klettern.

Während ich die Falltür aufmachte hörte ich ein Geräusch hinter mir. Ich drehte mich schnell um, bereit zum Kampf. Doch es war nur Berry. Berry war von der Couch gesprungen und kam zu mir.

>Hey Süße!<< sagte ich. Demonen liebten Hunde! Wir verehren sie! NanNan hatte einen Höllenhund. Seit ich klein war ging ich fast jede Woche zu ihr um Ginny zu sehen. Ihr Höllenhund hieß Ginny! Sie ist der beste Höllenhund aller Welten!

Ich packte Berrys Tasche und Berry. Zusammen kletterten wir runter.

>>Guten Morgen! << rief NanNan mir zu. Sie hatte sich in eine Decke gewickelt. >>Wo hast du die denn gefunden?<< fragte ich.

>>Im Haus ist alles viel besser erhalten als da oben!<< sagte sie.

Ich setzte mich neben sie und fütterte Berry.

>>Ich gehe heute Ginny holen.<< sagte NanNan. Ich starrte sie an.

>>Was? Das ist zu gefährlich!<.

>>Ich kann sie nicht alleine lassen, lieber sterbe ich!<< meinte NanNan. Sie war auch schon immer deutlich sentimentaler als andere Demonen gewesen.

Ich nickte. Ich konnte sie gut verstehen. Hunde sind Familien-mitglieder! Wir konnten nicht einfach Familienmitglieder alleine lassen!

Aber hatte ich das nicht gemacht?

>>NanNan?<< fragte ich.

>>Ja?<<

>>Denkst du das alles, der Krieg, das ist Alles wegen mir passiert?<<

Sie schwieg einen Moment. Ich spürte, dass sie auch schon darüber nachgedacht hatte.

>>Ich weiß es nicht aber fühl dich nicht zu verantwortlich für das alles! Ich hab auch schon viel Leiden verursacht. Das ist irgendwie unsere Natur! << sagte sie schließlich.

>>Ich muss jetzt gehen, später wird es zu gefährlich! << fügte sie noch hinzu.

Ich nickte.

Sie verschwand.

Ich saß den ganzen Morgen auf diesem Stein in der Kälte.

Es war so viel passiert. Es gab noch so viel zu retten. Aber es war auch schon so viel zerstört.

Eins war aber klar: Der Krieg war noch lange nicht vorbei.

Demons winter

Demons winter

Die Autorin

Die aus Litauen
stammende Selia R.
wurde im Januar 2009
in Hessen geboren und
lebt bis heute hier. Seit
dem sie schreiben kann,
schreibt sie Bücher.
2024 veröffentlicht sie
ihr erstes Buch. Sie besucht
aktuell eine Klasse in einem
Gymnasium, arbeitet
nebenbei als Aushilfe im
Café und schreibt ihre Bücher.
Um mehr über sie und ihre
Werke zu erfahren könnt ihr auf
Ihrem Instagrammkonto
„booksandmore_byselia.r" vorbeischauen.

Zeitfracht Medien GmbH
Ferdinand-Jühlke-Straße 7
99095 Erfurt, Deutschland
produktsicherheit@kolibri360.de